Ralf Neubohn (Herausgeber)

Nicolas Lange

Vorhang

auf für

Nikolaus

Weihnachten

und

Ferien

Ralf Neubohn (Herausgeber)

Nicolas Lange

Vorhang

auf für

Nikolaus

Weihnachten

und

Ferien

Bibliografische Information der Deutschen Nationalbibliothek
Die Deutsche Nationalbibliothek verzeichnet diese Publikation
in der Deutschen Nationalbibliografie;
detaillierte bibliografische Daten sind im Internet
über www.dnb.de abrufbar.

Herstellung und Verlag: BoD – Books on Demand, Nordersted

ISBN: 978-3-7519-3401-5

Für Nicolas Lange und dem mysteriösen Alpaka

Inhalt

Vorwort des Herausgebers Ralf Neubohn

Liebe Leser,

das Leben von uns Autoren ist manchmal sehr seltsam. Um zu bestimmten Ereignissen ein Buch rechtzeitig fertig zu bekommen, müssen wir es in einer ganz anderen Jahreszeit schreiben.

Z.B. schrieb ich im Winter 2018 meine Gartenschaubücher für Sommer 2019. Eine schwierige Sache, wenn mitten im Winter das Gartenschaugelände kahl und leer vor einem liegt. Im Gegensatz dazu musste ich meine Weihnachtsbücher mitten im heißen Sommer schreiben. Zu einer Jahreszeit also, in der das Freibad oder der Biergarten lockt, entstanden die Weihnachtsgeschichten.

Wir Autoren leben also oft in der einen Jahreszeit und schreiben schon für die übernächste. Auch hier war es so.

Im warmen Frühling entstanden meine Geschichten, die sich aufs Jahresende bezogen, welches noch unfassbar weit weg lag.

Schriftstellerisch ist mir Nicolas Lange zur Seite gestanden, welcher schon mehrmals meine Bücher mit seinen gelungenen Texten verschönt hat.

Ich hoffe, Sie werden an unseren Geschichten viel Freude haben und bei Gelegenheit mal wieder in eines unserer Bücher hereinschauen.

Mit freundlichen Grüßen und bis bald?

Ihr Ralf Neubohn

Einführung

Über die Abenteuer meiner Freunde Ludwig P. Lesi-Les, Berta Babbelbergle und Terry habe ich schon in vielen meiner Bücher berichtet.

Ihre Erlebnisse sind meist themenbezogen in meinen Büchern zu Fasching, Ostern, Gartenschau, Weihnachten, Silvester usw. geschildert.

Heute erzähle ich nun, was meine Autorenkollegen an Nikolaus erlebt bzw. erlitten haben.

Ich wünsche Ihnen viel Spaß bei den Abenteuern aus dem Autorenleben!

Ihr Ralf Neubohn

Ralf Neubohn

Wie reist der Nikolaus?

Haben Sie sich schon mal Gedanken gemacht, wie der Nikolaus zu Ihnen kommt? Der Weihnachtsmann fliegt mit seinem Rentierschlitten um die Welt. Wie es seit meinem Buch: „Auf der Suche nach dem verlorenen Osterei" bekannt ist, fliegt der Osterhase auf einer riesigen Möhre. Doch wie bewegt sich der Nikolaus fort? Hat er auch einen Rentierschlitten? Oder fliegt er etwa auf einem riesigen Schokoladenkeks? Nein, nein. In Wahrheit ist es ganz anders. In einem netten Dorf in Süddeutschland liegt ein Bauernhof, auf dem die Alpakas auf ihren Einsatz am 6. Dezember vorbereitet werden. Sechs schwäbische Alpakas ziehen dann vor sich hin schwäbelnd und nuschelnd den Schlitten des Nikolauses. Weil die Alpakas dermaßen arg schwäbelnd nuscheln, hielt fast jeder lange Zeit Ralf Neubohn ebenfalls für ein Alpaka. Zumal eine große optische Ähnlichkeit bestand. Dies führte häufig zu peinlichen Verwechslungen.

Doch zurück zu den Alpakas des Nikolauses. Sie freuten sich stets auf die große Reise und konnten es bis zu dieser kaum abwarten.

Das Gespann führe ein besonders süßes Alpaka. Es hieß Rudolflinchen und hatte ein rotes Stupsnäschen. Knecht Ruprecht folgte dem Schlitten des Nikolauses in einem von Huskys gezogenen Schlitten,

Beide brausten nur so durch die Gegend, so das sie problemlos am 6.12. zu jeden ins Haus kommen konnten.

Hoffentlich auch zu Ihnen!

Die Wahrheit über Ritter

Am Nikolausabend saßen Jonathan, Ruben und Raphael mit ihrem Opa Ralphus Rheumaticuslinchen vor dem Kaminfeuer und ließen sich aus dessen Jugendzeit erzählen. Ralphus Erinnerungen hörten sich teilweise sehr seltsam an, aber sie ließen ihn dennoch weiter erzählen. Solche besonders artigen Kinder gab es selten.

Gerade erzählte ihr Opa: „Als ich im tiefsten Mittelalter zwölf wurde, gab es noch Ritter. Da wir es damals noch nicht so gut wie heutzutage hatten, mussten in meiner Jugend alle hungern. Es gab rein gar nichts zu Essen, deshalb schlachteten die Ritter ihre eigenen Pferde und aßen diese."

Ruben fragte: „Ja, aber wie sind sie dann in den Krieg gezogen? Worauf sind die Ritter bei Turnieren geritten?"

„Gute Frage", antwortete Ralphus. „Alpakas wurden die neuen Reittiere der Ritter. Auf diesen ritten sie zu Turnieren und in den Krieg. Weil aber die Alpakas teure Wolle besaßen, konnten die armen Ritter sehr gut vom Wollverkauf leben, wurden immer reicher und bauten sich von dem vielen Geld sogar Burgen. Von der Alpakawolle kam der Wohlstand in Deutschland."

Daraufhin wünschten sich die drei Enkel vom Nikolaus Alpakas. Ob der Nikolaus ihnen wohl tatsächlich Alpakas in die Stiefel steckte? Eine spannende Frage.

Schlechtes Gewissen

Im Frühjahr legte der Nikolaus zufrieden lächelnd Ralf Neubohns Buch: „Neubohns Krimihäppchen" zur Seite. Zum Glück hob er die guten Bücher für sich selber auf.

Plötzlich durchzuckte es ihn reuevoll: „Was bloß meine armen Alpakas machen? Ob sie sich vielleicht langweilen?"

Besorgt eilte er zu ihnen.

Auf der Wiese saßen sie zusammen mit den Rentieren vom Weihnachtsmann, spielten Karten und erzählten sich kichernd lustige Geschichten über den Osterhasen.

Diese stammten aus Neubohns Buch: „Auf der Suche nach dem verlorenen Osterei", wie sich der Nikolaus erinnerte.

„Ich wusste gar nicht, dass meine Alpakas so gute Bücher lesen. Wer hätte sich das denken können? Ich sollte das Buch auch mal wieder lesen."

Ersatznikolaus

Zu Nikolaus versuchte Ludwig P. Lesi-Les seine Bücher unter das Volk zu bringen.

Er stopfte sie in die Stiefel der Nachbarkinder, die vor deren Türen standen oder versteckte sie in Brotboxen der Art, welche Arbeiter mit zur Arbeit nahmen. Wenn diese dann in der Arbeitspause ihr belegtes Brot essen wollten, entdeckten sie stattdessen angeekelt ein Buch von Ludwig P. Lesi-Les.

Nicht besser erging es den armen Kindern, die statt leckeren Naschereien Bücher von Ludwig in den Stiefeln fanden und weinend riefen: „Ich bin doch so ein braves Kind, warum werde ich so furchtbar bestraft?"

Von diesen Reaktionen ahnte Ludwig nichts, sondern hielt seine Aktion lange Zeit für einen guten Werbecoup. Bis an Halloween ihn die gerechte Strafe ereilte! Seine armen Opfer verkleideten sich als Monster und versuchten ihn mit seinen eigenen Büchern zu steinigen. Ludwig erkannte dabei, dass Literatur und Wissen tatsächlich schwer wogen und oft SCHLAGENDE Argumente besaßen.

Das Picknick

Nach einer schönen Nikolausveranstaltung gingen Jonathan, Ruben, Raphael und ihr Opa nach Hause. Unterwegs gab es einen kleinen Imbiss.

Das Picknick verlief sehr fröhlich, dauerte aber überraschend lange. Entsetzlich lange!

Plötzlich fiel der Grund einem der Kinder auf. Es sagte zu den anderen beiden: „Ich bin schuld, dass es so lange dauert. Statt den weichen Brei habe ich dem zahnlosen Opa eine Karotte gegeben. Und da er sie nicht kauen kann, lutscht er sie nun."

„Oh, je", klagten die beiden anderen. „Das kann ja ewig dauern."

Doch die Rettung nahte. Der empörte Osterhase riss Opa Ralphus die Möhre aus dem Mund und rief: „So respektlos darf niemand vegetarische Lebensmittel behandeln. Das ist ein Skandal!"

Verärgert hoppelte er die Möhre mümmelnd davon und die Menschen konnten sich nun endlich auf den Heimweg machen.

Merke: Möhre gut, alles gut.

Geschenke

Wie jedes Jahr gingen an Weihnachten viele Menschen hoffnungsfroh an ihren Gabentisch. Gab es vielleicht eines der schönen Weihnachtsbücher von Ralf Neubohn? Oder gar…?

Nein, leider nicht. Zu ihrem großen Entsetzen fanden die armen Menschen das Buch von Berta Babbelbergle: „Meine babbligsten Babbeleien" als Geschenk vor.

Dieser Schock führte zu zahlreichen Hörstürzen und Herzschlägen.

Wenn Sie, lieber Leser, Ihren Freunden, Nachbarn oder Verwandten dieses harte Schicksal ersparen wollen, verschenken Sie bitte eines der vielen Bücher Ralf Neubohns. Egal, ob als alleiniges Geschenk oder als Geschenkbeilage zur Flasche Wein oder zur Schachtel Pralinen, es ist immer ein originelles Geschenk.

Die Verspätung

Jonathan, Ruben und Raphael liefen eilig durch ihr Dorf, um nicht zu spät zur Nikolausfeier zu kommen. Leider standen die Chancen nicht gut, es lag noch eine weite Strecke vor ihnen. „Wir schaffen es nicht!", rief Jonathan aus. Doch Ruben zeigte aufgeregt nach vorne. Jonathan wunderte sich darüber und schaute angestrengt die Straße entlang. Tatsächlich! Vor dem Bauernhof, wo es Alpakas gab, stand eines rastend auf der Straße. „Vermutlich ausgebüxt", meinte Raphael. Leise schlichen sich die drei zu dem Tier, sprangen auf und ritten auf ihm zur Nikolausfeier. Diese erreichten sie doch noch pünktlich, obwohl das Alpaka sich als besonders störrisch erwies. Beim Fest angekommen rief ein Reporter: „Aber das ist doch kein Alpaka, das ist doch Ralf Neubohn!" Die drei sehen das zottlige Ding genauer an und überlegten angestrengt: Sah so Ralf Neubohn aus, wenn seine Haare nicht so lang wie sonst waren? Oder ähnelte einfach das Alpaka Ralf Neubohn? Dieses Rätsel konnte nie gelöst werden, weil der Zottel in die Wälder floh. Das Ganze blieb eines der zahlreichen Geheimnisse des Lebens.

Doppelgänger

Jonathan, Ruben und Raphael kehrten vom Nikolausfest heim, als ihnen auf der Straße ein Alpaka begegnete. Oder war es doch schon wieder Ralf Neubohn?

Ratlos flüsterten sie untereinander, wer es wohl sei? Ralf Neubohn wegen der lahmen Gangart? Ein Alpaka, weil es pausenlos irgendwas kaute? Wie sollten die drei ihren Gegenüber ansprechen? Wie sich verhalten? Das Alpaka dachte tief beleidigt: „Mich mit diesem Ralf Neubohn zu verwechseln! Welch eine Beleidigung! So alt, gebrechlich und zahnlos bin ich doch nicht! Ich sollte die drei eigentlich zur Strafe beißen, damit sie sehen, dass ich nicht wie Ralf Neubohn zahnlos bin!"

Das Alpaka stolzierte an den drei Ratlosen zutiefst beleidigt vorbei. Diese merkten nun, dass es nicht Ralf Neubohn sein konnte, weil dieser ständig undeutlich vor sich hin murmelte. Ein gutes Erkennungsmerkmal, das sie sich merken sollten.

Kaffeekränzchen

Der Nikolaus und der Weihnachtsmann aßen gemütlich Kuchen und tranken Kaffee dazu.

„Ah, das tut gut!", seufzte der Nikolaus zufrieden. „Das wärmt einen so richtig auf!"

„Naja", meinte der Weihnachtsmann. „Durch die Erderwärmung braucht man im Dezember nur noch selten etwas Warmes zum Trinken. Übrigens ziehe ich in diesem Fall Glühwein vor."

„Ja, das sieht man Deiner Nase an", erwiderte etwas vorwurfsvoll der Nikolaus. „Du trinkst sowieso etwas mehr als früher. Hast Du Kummer?"

Der Weihnachtsmann lachte erbittert auf: „Kummer? Und wie! Fast alle Kinder beschweren sich über ihre Geschenke! Sie wollen zu Weihnachten Bücher von Ralf Neubohn. Notfalls welche von Ludwig P. Lesi-Les. Aber keiner will welche von Berta Babbelbergle! Die Kinder werfen mir verärgert Bertas Bücher nach. Rudolf und ich haben schon einige blaue Flecken!"

Der Nikolaus entgegnete mitleidsvoll: „Bin ich froh, dass ich nur Naschereien bringen muss. Aber warum bringst Du zu Weihnachten ausgerechnet die langweiligen Bücher von Berta Babbelbergle?"

Der Weihnachtsmann seufzte: „Jeder nennt mich den Weihnachtsmann. Aber ich habe auch einen richtigen Namen. Dieser lautet: Hubert Babbelbergle. Ich bin Bertas Opa. Und wenn ich deren Bücher nicht am 24.12. in Umlauf bringe, kann ich am 25.12. was erleben!"

Wenn der geneigte Leser dieses Buches auch mal zu Weihnachten ein Buch von Berta Babbelbergle bekommt, verzeihen Sie es dem armen Weihnachtsmann. Sie sehen, er kann ja auch nichts dafür!

Eislaufen

Berta und Ludwig liefen auf einem zugefrorenen See Schlittschuh. Dabei beleidigten sie die Bücher des jeweils anderen so intensiv, dass ihnen etwas sehr Seltsames erst nach vielen Stunden auffiel. Äußerst merkwürdige Tiere liefen ebenfalls Schlittschuh. Tiere, die hier überhaupt nicht üblich waren. „Vielleicht Nilpferde?", meinte Berta fragend. „Nein", antwortete Ludwig. „Sowas habe ich überhaupt noch nie gesehen. Es sind keine Pferde, Esel, Alpakas oder Ähnliches. Was machen die bloß hier auf dem See?"

Eine sehr gute Frage die ungewöhnlichen Wesen starteten auf der einen Seite des Sees und fegten dann mit Volldampf zur anderen Seite, wo sich dann dasselbe wiederholte.

„Kann es ein Wettrennen sein?", erkundigte sich Berta. Aber auch diese Lösung befriedigte nicht. Dazu liefen die Bewegungen zu gleichmäßig. Was unsere beiden Autoren leider nie erfahren sollten: Sie sahen die Rentiere des Weihnachtsmanns, die schon fleißig für den 24.12. trainierten.

Hut ab, für diese ausdauernde Leistung!

Die Umleitung

Eilig flog der Weihnachtsmann auf der Himmelsautobahn voran. Sein Schlitten sauste nur so dahin.

Er lag gut in der Zeit und konnte somit pünktlich überall seine Geschenke abgeben.

Erleichtert atmete der Weihnachtsmann auf. Doch was war das? Vor ihm erschien ein großes Schild: „Umleitung" auf der Himmelsautobahn. Verärgert bruddelte er vor sich hin. Das würde viel Zeit kosten!

Nach einer Weile erschien auf der Umleitungsstrecke ein weiteres Schild „Umleitung".

„Mist!", schimpfte der Weihnachtsmann. „Jetzt wird es echt knapp noch allen Kindern ihre Geschenke zu bringen!"

Einige Zeit später erschien wieder ein neues Umleitungsschild. An dieser Stelle wollen wir lieber nicht das Schimpfen des armen Weihnachtsmannes wiederholen, es sei nur gesagt, dass der Wortlaut sich sehr drastisch anhörte.

Endlich kam das Ende der vielen Umleitungen! Ein Glück, denn die Zeit wurde allmählich sehr knapp. Unter ihm lag ein Haus mit großen Schild: „Alle schönen Geschenke hier abgeben!"

Der Weihnachtsmann landete erstaunt und sah auf das Türschild des Wohnungsinhabers. „Ludwig P. Lesi-Les" las der Weihnachtsmann und dachte: „So ein Racker!" Kichernd steckte er ihm ein besonders langweiliges Buch von Berta Babbelbergle in den

Briefkasten und rief grinsend: „Viel Spaß beim Lesen und frohe Weihnachten!"

Laut lachend flog er davon. Armer Ludwig!

Nicolas Lange

Campen in Italien

Nach einem anstrengenden und schwierigen Schuljahr ist es nun endlich wieder Sommer geworden. Lukas kann es kaum glauben, dass er nun tatsächlich für sechseinhalb Wochen Ruhe von der Schule haben wird. Dieses Schuljahr war besonders schlimm: Er hatte nun die zehnte Klasse des Gymnasiums erfolgreich abgeschlossen, was nicht nur viel sondern teilweise fast unschaffbar viel Arbeit bedeutet hat. Zumindest war dies in Lukas' Fall so. Vor allem für die Fächer, in denen er sich nicht so leicht tat, wie zum Beispiel Mathe und Physik, musste er arbeiten, was das Zeug hält. Was die Sache jedoch noch verschlimmert hat, war die Tatsache, dass diese blöden Nebenfach-lehrer genauso viele Hausaufgaben aufgaben, wie die Hauptfach-lehrer. Lukas würde diese immer noch am liebsten an einen Baum binden und auf sie einschlagen, wenn er jetzt noch daran denkt.

Aber Gott sei Dank sind ja jetzt erst mal Ferien und im neuen Schul-jahr würde er schließlich auch wenigstens ein paar der allerschlimmsten Fächer loswerden. Doch jetzt wollen wir mal nicht mehr ständig nur von der Schule reden. Während der Ferienzeit gehört sich das nun einmal nicht. Lukas weiß schon genau, was er in den Ferien machen will. In den ersten 2 Wochen, in denen er noch zuhause ist, will er sich gleich zu Beginn der Ferien am liebsten jeden Tag mit seinem besten Freund Tom treffen, da dieser schon Anfang der zweiten Woche in den Urlaub fährt und sie sich während des Schuljahres kaum gesehen haben, da Tom auf eine andere Schule geht. Denn immer dann, wenn Lukas gerade mal etwas mehr Luft hat was die Schule angeht und Zeit hätte, hat Tom den größten Stress. Jetzt reden wir ja schon wieder von der Schule!

Machen wir nun lieber mit Lukas' Ferienplanung weiter: Wenn Tom im Urlaub ist, will er sich ein bisschen der Spielerei an Handy und Computer widmen, da diese, wie Lukas findet während des Schuljahres auch viel zu kurz gekommen sind. Seine Eltern sehen das zwar anders, aber die haben in dieser Beziehung nun wirklich so viel Ahnung, wie … vielleicht ist es besser, keinen Vergleich zu nennen!

Nach 2 Wochen ist es dann so weit: Die ganze Familie fährt für 2 Wochen auf einen Campingplatz am Meer in Italien. Das heißt, nicht die ganze Familie: Lukas' große Schwester Sara kommt zu seiner großen Freude nicht mit. Sie ist nämlich, obwohl sie schon 17 ist, noch voll in der Pubertät und dementsprechend nicht besonders nett zu Lukas. Aber nur zu Lukas! Zu seinen Eltern ist sie viel netter. Lukas' kleine Schwester behandelt sie, als wäre sie ihr eigenes Kind und wenn es einen Streit zwischen ihr und Lukas gibt, verdrischt sie grundsätzlich nur Lukas! Und das einzig und allein mit der außerordentlich blöden Begründung, dass Lukas 15 ist und seine kleine Schwester erst 7 und sie deswegen für nichts etwas kann. Und seinen Eltern erzählt sie auch immer, dass Lukas schuld ist, was diese meistens auch noch glauben, weil seine kleine Schwester natürlich auch behauptet, dass sie die Unschuld vom Lande ist. Er kann seine Eltern ja in vielen Punkten verstehen: Zum Beispiel, dass sie nach Sara noch ein zweites Kind wollten, kann er nur allzu gut nachvollziehen. Was er jedoch nicht versteht, ist, dass sie nach ihm noch ein drittes Kind wollten. Und dann ist es auch noch ein Mädchen geworden. Doch vor allem versteht er nicht, dass er gegenüber seinen beiden Schwestern nie Recht bekommt. Dass seine kleine Schwester mit nach Italien kommt, erfreut ihn also wenig. Wenn zuhause nicht schon seine große Schwester wäre und wenn er Italien und das Meer nicht so schön fände, würde er am liebsten zuhause bleiben.

Nun ist der Tag da, an dem es losgehen soll. Am Tag vorher hat Lukas vergeblich versucht seine Kleidung in seinen Koffer zu bekommen, bis seine Mutter das nicht mehr mit ansehen konnte und es - wie üblich - dann doch wieder für ihn gemacht hat. Seine kleine

Schwester war Gott sei Dank bei ihrer Freundin und seine große Schwester bei ihrem Freund, den Lukas sehr bemitleidet oder viel mehr nicht versteht, was dieser an seiner großen Schwester findet. Aber das ist oft wohl nicht zu verstehen. Seine Mutter hat die ganze Zeit etwas vorbereitet. Was genau, weiß Lukas nicht. Sein Vater hat das Wohnmobil von dem Stellplatz geholt. Allerdings erst so spät, dass sie es am gestrigen Tag nicht mehr beladen konnten und deswegen heute sehr früh aufstehen wollten. Gelungen ist das allerdings keinem. Nicht mal Lukas' kleiner Schwester, die sonst immer schon verboten früh wach ist und alle weckt. Also sind sie kräftig im Verzug, was Lukas' Eltern grundsätzlich völlig um den Verstand bringt, sodass sie immer mindestens 3 Sachen vergessen und man Glück hat, wenn es ihnen schon nach 5 Minuten Fahrt einfällt. Als dann endlich alles beladen ist, kann es losgehen. Lukas liebt es im Wohnmobil zu fahren: Dass man darin so hoch sitzt, so viel Platz hat, so viele Fenster öffnen kann und es sogar ein riesiges Verdeck hat, das man aufmachen kann, oder besser gesagt „könnte". Denn leider hat die Sache den Haken, dass weder Verdeck noch Fenster geöffnet werden, da Lukas' kleine Schwester diesen furchtbaren Lärm und diese viele Luft nicht ertragen kann. Und dann muss natürlich alles zugelassen werden: Anordnung von Lukas' Mutter und wer sich widersetzt, handelt sich Ärger ein. Aber ansonsten gibt seine Schwester, die übrigens Lucy heißt, die Fahrt über Ruhe, was auch nicht immer so war. Auch wenn sie so spät gestartet sind kommen sie noch vor sieben Uhr am Campingplatz an und können ihr Wohnmobil parken und einrichten. Nur zum Baden reicht es nicht mehr, aber dafür grillen sie die Bratwürstchen, die sie mitgebracht haben und die vor allem Lukas besonders gerne mag. Lukas' Schwester isst nur wenig, da sie Würste gar nicht mag. Lukas freut sich insgeheim, dass es mal etwas gibt, was ihm zugute kommt und nicht nur seinen Schwestern. Aber sagen darf er so etwas natürlich nicht, da seine Eltern vehement widersprechen würden und ihm den ganzen Abend eine ellenlange Standpauke halten würden. Und darauf hat er überhaupt keine Lust.

Nach dem Essen spielt Lukas noch ein bisschen mit seinem Handy, was seine Eltern zwar nicht für gut heißen, aber wie bereits erwähnt, gibt er in diesem Punkt nicht viel darauf, was seine Eltern dazu sagen. Als es 10 Uhr ist, denkt Lukas, dass er heute vielleicht doch jetzt schon ins Bett gehen sollte, um am nächsten Morgen möglichst ausgeschlafen zu sein und dann gleich am besten noch vor dem Frühstück baden gehen zu können. Abgesehen davon ist der Akku seines Handys leer und alle Steckdosen im Wohnwagen sind momentan belegt.

Ihr Wohnmobil ist sehr groß, sodass sie alle in dem Wohnmobil schlafen können, doch meistens schläft Lukas trotzdem ein paar Nächte im Freien. Aber nicht in der ersten Nacht, weil er dann gleich am ersten Abend das Zelt aufbauen müsste. Als er sich gerade auf seinen Stammplatz legen will (ein aufklappbares Bett direkt an einem etwas niedrigeren Fenster und natürlich auch unter dem Dachfenster), bemerkt er auf diesem Bett ein rosa Bettlaken, eine rosa Bettdecke und ein pinkfarbenes Kopfkissen, auf denen Prinzessin Lillifee abgebildet ist. Er wäre fast nach hinten umgefallen: „Widerlich! Einfach nur widerlich!", denkt er sich. Da seine Mutter zum Glück doch schon seit längerem mit ihrer Rosaphase abgeschlossen hat und seine große Schwester schließlich nicht mitgekommen ist, kann es nur sein, dass das Bett für seine kleine Schwester bezogen ist. Und tatsächlich! Als er näher kommt, bemerkt er, dass in dem Bett doch wirklich und wahrhaftig seine kleine Schwester liegt und an ihrem Daumen lutscht (das tut sie tatsächlich in ihrem Alter immer noch, aber keiner stört sich daran, da Lukas' Eltern schon froh sind, dass sie seit ungefähr 6 Monaten keinen Schnuller mehr braucht. Nachdem sie diesen Vorsatz bereits 3 Mal für das neue Jahr gefasst hat, ist es schließlich beim vierten Mal endlich doch noch etwas geworden. (Wenn auch erst Anfang März, aber es hat geklappt.)

Er schaut sich suchend um und findet schließlich seinen Bettbezug direkt neben der Tür, wo überhaupt kein Fenster ist und man nicht mal zum Dachfenster herausgucken kann. Empört rennt er aus dem Wohnwagen heraus zu seinen Eltern, die draußen auf Stühlen vor dem Lagerfeuer sitzen und ein (und bestimmt auch noch einige weitere Gläser) Wein trinken.

Er schreit regelrecht: „Mama! Papa! Was soll das?!" Sein Vater fährt ihn gleich an: „Spinnst du?! Weck deine Schwester nicht auf". Daraufhin antwortet Lukas: „Oh doch, und wie ich die aufwecken werde! Die liegt nämlich in meinem Bett! In meinem! Schon seit mindestens 10 Jahren, bei jedem Campingausflug liege ich da!". „Ja aber jetzt liegt deine Schwester eben da und das wird auch so bleiben", sagt Lukas' Mutter vorwurfsvoll. „Genau", sagt sein Vater „wenn sie da nämlich nicht schlafen darf, will sie auch dieses Mal wieder bei uns auf dem Sofabett schlafen!" Lukas kann es nicht glauben! Jetzt wird doch tatsächlich ohne Vorwarnung sein Schlafplatz von der mit Abstand besten auf die mit Abstand schlechteste Stelle im gesamten Wohnwagen verlegt! Und das nur, weil seine blöde kleine Schwester mal wieder zufrieden gestellt werden muss. Also auf die hätte er wirklich so was von verzichten können! Aber seine Eltern anscheinend nicht. Er sagt: „Ach ja! Natürlich! Der Lukas muss natürlich weichen, wenn seine kleine Schwester anders nicht zufrieden ist und es ist auch nicht nötig ihm vorher Bescheid zu sagen, weil er ja so furchtbar gerne spontan alles umplant!" Die Wut in seiner Stimme ist deutlich hörbar. „Jetzt mach aber mal einen Punkt", fährt seine Mutter ihn an: „Lucy wird dort schlafen! Damit hast du dich abzufinden! Es kann nun mal nicht immer alles nach deiner Nase gehen". „Das ist ja wohl der absolute Gipfel", denkt sich Lukas. Es geht immer alles nach dem Willen seiner Schwestern. Und dann kriegt er doch tatsächlich vorgehalten, dass nicht immer alles nach seiner Nase gehen kann! Er hat so eine Wut im Bauch, dass er aus dem Stand 3 Meter in die Höhe springen könnte! Er sagt aber nichts. Sein Vater fügt noch hinzu: „Du schläfst zwar auf dem Boden, aber auf einer weichen Matratze. Das ist gut genug!" Lukas antwortet empört: „ Ja für mich ist es gut genug, aber für meine Schwester natürlich nicht! Warum soll ich eigentlich nicht gleich meinen Schlafsack nehmen und mich da drüben am Waldrand hinlegen, wo tagsüber immer die Hunde und nachts die Leute, die nicht aufs Klo wollen, hingehen?" „Lukas es reicht! Entweder du legst dich jetzt da drüben auf die Matratze oder du lässt es bleiben! Aber du vermiest uns jetzt nicht weiter den gemütlichen Abend", sagt Lukas' Vater. Da geht Lukas, ohne ein weiteres Wort zu sagen in den Wohnwagen. Er geht aber erst noch mal zu dem Bett seiner Schwester und lässt dort einen lauten Furz. Danach geht es ihm schon besser und er fragt sich schadenfroh: „Was die jetzt wohl träumt?" und grinst in sich hinein. Er findet das Ganze nun zwar immer noch unmöglich, aber er ist jetzt nicht mehr so sauer und denkt sich: „Morgen bau' ich mein Zelt auf und schlaf' für den Rest des Campingurlaubs eben da. Das ist allemal besser als der Boden hier!"

Als er am nächsten Morgen aufwacht, ist es wie so oft so, dass er sich erst einmal besinnen muss, wo er ist und wie er dort hingekommen ist. Überhaupt gehört er zu den Menschen, die morgens sehr lange brauchen, um wach zu werden. Wenn ihn morgens früh seine Mutter weckt, muss sie auch meistens nach 2 Minuten noch mal in sein Zimmer kommen, um ihn ein zweites Mal zu wecken. Anschließend setzt er sich erstmal 5 Minuten ins Wohnzimmer und ist in dieser Zeit nicht ansprechbar, bis er dann in die Küche geht, sich einen Kakao macht, etwas Schokolade isst, und, wenn sich die Gelegenheit ergibt, einen Schluck aus der Kaffeetasse seiner Mutter nimmt. Anschließend bewegt er sich langsam ins Bad und tut dort nur das Nötigste: Er setzt sich aufs Klo, wäscht sich anschließend die Hände und putzt Zähne. Meistens geht er auch noch ein paar Mal mit Papas Haarbürste durch seinen Flaum, damit dieser nicht mehr ganz schlimm aussieht. Die anderen Jungs kommen immer mit gestylten Haaren in die Schule. Sogar sein bester Freund Tom! Zu ihm sagen sie immer: „Lukas, willst du dir nicht auch mal Zeit nehmen, um deine Haare zu stylen? Was sollen denn sonst die Mädels von dir denken?" Lukas antwortet darauf grundsätzlich mit einem bestimmten „Nein, ich will mir ganz sicher nicht die Haare stylen und was die von mir denken, ist mir ziemlich egal. Bei einigen bezweifle ich ohnehin, dass sie überhaupt denken können!" und geht danach weg. Er denkt sich dazu: „Als ob es im Leben nur Mädchen gäbe und sich alles nur um sie drehen sollte. Ich lebe doch nicht, um Mädchen zu beeindrucken!" Außerdem findet er, dass die Mädchen aus seiner Klasse mehr oder weniger alle gleichschlecht aussehen! Die anderen scheinen das anders zu sehen. Sie hüpfen wie die Blöden um bestimmte Mädchen herum, die (um es gepflegt auszudrücken) wirklich nicht gut aussehen, sondern nur geschminkt sind. Dass die das machen, kann er durchaus verstehen. Die haben das ja dringend nötig! Zu dem sind sie auch noch ziemlich blöde Kühe (noch nett ausgedrückt). Sie profilieren sich, wo sie nur können, und meinen doch tatsächlich, dass sie unheimlich gut aussehen und überhaupt die Allertollsten sind. Und das Kuriose an dieser Sache ist, dass sie nicht einmal die Einzigen mit dieser Meinung sind. Es scheint wohl einige Jungs zu geben, die einfach keinen Geschmack haben. Die verwenden doch tatsächlich bis zu 10 MINUTEN allein für das Stylen der Haare im Bad. Das heißt, sie stehen wegen solcher Mädchen doch tatsächlich mindestens 10 Minuten früher auf. Lukas weiß das alles, weil sie es ihm erzählt haben. Er wäre bei diesen Erzählungen beinahe ohnmächtig geworden. Er hofft, dass Tom nicht bald auch noch eine Freundin hat, denn dann könnten sie sich wahrscheinlich nicht einmal mehr in den Ferien treffen. Aber das glaubt Lukas eigentlich nicht. Denn auch wenn die Mädchen von Tom besser angesehen sind, als von Lukas, hat er bei den Mädchen nicht unbedingt mehr Chancen als Lukas. Und diese sind bei Lukas nun wirklich nicht gerade besonders groß. Aber unter anderem deshalb findet Lukas Tom ja so sympathisch. Das ist zwar nun etwas von der Geschichte abgeschweift, aber es musste schließlich auch mal gesagt werden.

Aber nun wieder zurück zum Campingplatz! Denn streng genommen haben die Mädchen ja auch wieder etwas mit der Schule zu tun. Und die sollte ja eigentlich außen vor gelassen werden.

Also, nachdem er aufgewacht ist und begriffen hat, wo er sich befindet, kommt gleich wieder etwas Wut in ihm hoch. Aber es ist nicht so, dass er das Bedürfnis hat einen lauten Schrei von sich zu geben. Das ist auch gut so, denn er ist heute wohl als Erster erwacht, was in den Ferien nichts Ungewöhnliches ist. Er greift als Erstes nach seinem Handy, um seine Nachrichten zu checken. Doch da fallen ihm 2 Dinge siedend heiß ein. Erstens: Der Akku ist ja immer noch leer. Aber inzwischen ist Gott sei Dank eine Steckdose frei geworden. Allerdings fällt ihm, als er sein Handy hochgefahren hat auf, dass er ja über gar keine Internetverbindung verfügt. Er hat keine Flatrate, die auch im Ausland gültig ist. Und in das WLAN des Campingplatzes muss man sich immer neu einloggen, da die Verbindung, wenn sie 3 Tage lang nicht genutzt wird, automatisch gesperrt wird. Er denkt sich, dass dieser Tag ja nicht so sonderlich gut anfängt. Aber er beschließt, sich erst einmal umzuziehen und dann gleich zum Platzwart zu gehen, um sich das WLAN-Passwort zu besorgen. So macht er es auch gleich und spielt noch mit seinem Handy, bis seine Eltern aufstehen. Wie gut, dass sich außen am Wohnwagen noch eine Steckdose befindet! Sonst könnte er jetzt sein Handy nicht benutzen, da er damit seine Eltern wecken würde. Als diese aufstehen, steht auch kurz danach seine Schwester auf. Als alle fertig sind (das dauert sehr lange, da alle meinen, erst noch zu den sanitären Anlagen gehen zu müssen und zu duschen etc.), frühstücken sie gemeinsam. Über den Streit am Vorabend verliert dabei keiner mehr ein Wort. Nach dem Frühstück überlegt

Lukas, ob er jetzt gleich sein Zelt aufbauen sollte, oder doch erst mal Baden geht. Da sonst noch keiner Lust hat zu baden, entscheidet er sich dazu, sich erstmal ausgiebig des schönen italienischen Meeres zu erfreuen und sein Handy noch vollends aufladen zu lassen. Das Wasser ist wirklich herrlich! Lukas ist eine echte Wasserratte! Im Verein wollte er aber nie schwimmen, weil es dabei auch immer nur darum geht, wer am schnellsten schwimmen und am tiefsten tauchen kann. Das hätte ihm höchstwahrscheinlich den Spaß völlig verdorben. Also schwimmt er lieber privat. So, wie er es auch heute wieder tut. Er vergisst im Wasser alles Andere und hat viel Spaß beim Schwimmen und tauchen. Was die Anderen dabei von ihm denken, ist ihm relativ egal. Die kennen ihn ja sowieso nicht. Er bleibt über eine Stunde im Wasser, obwohl dieses nicht gerade warm ist. Als er aus dem Wasser steigt, kommt gerade der Rest seiner Familie, um zu schwimmen. Aber Lukas muss sich jetzt erst einmal wieder aufwärmen und außerdem macht es ihm sowieso keinen Spaß, mit seiner Familie zu schwimmen. Denn seine heiß geliebte kleine Schwester versucht ständig nur, ihn unter Wasser zu drücken und kratzt ihn dabei auch oft am Rücken. Teilweise sogar blutig. Seine Eltern finden das zunächst unheimlich lustig. Natürlich nicht, dass sie ihn blutig kratzt, aber das bekommen sie überhaupt nicht mit. Sie denken wohl, dass beide Spaß daran haben und sagen höchst belustigt Dinge wie: „Ach schau mal! Unsere kleine Lucy ist ja eine ganz Wilde." Alles, was sie mitbekommen ist, dass Lukas sich auch mal wehrt und seine kleine Schwester auch tunkt, oder von sich wegschiebt, weil er so wütend ist. Dann wird er natürlich gleich wieder angefahren und bekommt den üblichen Spruch zu hören, dass er ja schließlich der ältere sei und deswegen auch diesen Spaß verstehen muss. In diesem Fall hat er dann natürlich wieder völlig überreagiert! Und wegen „der paar kleinen Kratzerchen" am Rücken wird er ja wohl auch nicht gleich verbluten. Manchmal fragt er sich wirklich, ob seine Eltern ihn mit Absicht provozieren wollen. Aber das kann er sich eigentlich nicht vorstellen, da er früher immer ein sehr gutes Verhältnis zu ihnen hatte.

Deshalb verlässt er auch nach einigen Minuten wieder das Wasser. An seinen Eltern geht er mit extra trotzigem, aber hauptsächlich verärgerten Gesicht vorbei und erwartet eigentlich eine Reaktion (wenn auch nur eine wie „Du musst jetzt ja nicht gleich wieder beleidigt sein" oder im besten Falle noch „Komm bleib doch bitte"). Aber seine Eltern scheinen gar nicht wirklich wahrzunehmen, wie Lukas das Wasser verlässt. Sie haben ja ungeheuer viel Spaß mit seiner kleinen Schwester und auch nur zu zweit. Auch wenn er weiß oder zumindest nicht wirklich glaubt, dass das wahr sein kann, denkt sich Lukas in solchen Situationen sogar oft, dass seine Eltern sowieso viel lieber ohne ihn sind und es vielleicht sogar darauf anlegen, dass er geht. Aber wenn er sich dann wieder etwas beruhigt hat, tut es ihm leid oder er hat zumindest ein schlechtes Gewissen, so etwas gedacht zu haben. Also, nachdem das Baden nicht mehr so das ist, was ihm jetzt gerade Spaß macht, beschließt er, nun endlich sein Zelt aufzubauen. Denn Lust, noch eine Nacht an dieser durchaus nicht zum Schlafen geeigneten Stelle im Wohnwagen zu verbringen, hat er ganz sicher nicht! Da er in seinem Leben schon einige Male oder besser gesagt ziemlich oft das gleiche Zelt aufgebaut hat, ist es für ihn kein Problem mehr und er ist auch relativ schnell damit fertig.

Er geht zum Wohnwagen und überlegt, was er tun könnte. Da fällt sein Blick auf sein inzwischen voll aufgeladenes Handy. Er schnappt es sich sofort, geht zum Campingplatzwart und bittet ihn um das Passwort für das Internet auf dem Campingplatz. Er fragt ihn auf Englisch, was dieser zum Glück auch versteht. Denn in der Schule lernt er noch kein Italienisch und wird es dort wahrscheinlich auch nie lernen, da seine Schule keinen Italienisch-Zug hat. Man kann dort nur Englisch, Latein und Französisch lernen. Und das lernt er bereits alles. Wenn er mehr Zeit hätte, wäre er schon lange in einen Italienischkurs gegangen, da ihn die Sprache eigentlich durchaus fasziniert. Aber dafür hat er einfach zu wenig Zeit. Und seine Ferien für einen Crashkurs zu opfern, ist auch nicht gerade das, wovon er träumt. Als er nun das Passwort für das Internet endlich hat, checkt er erstmal seine Nachrichten und beantwortet diese. Es sind auch einige von Tom dabei. Er hat ihm Bilder von seinem Urlaub geschickt: Tom geht immer in Hotels. Diesmal ist es ein Hotel in Spanien, in dem sie schon öfter waren. Lukas findet die Bilder zwar sehr schön und ist davon überzeugt, dass Tom dort einen sehr schönen Urlaub verbringt. Er beneidet ihn aber nicht wirklich darum. Für ihn ist Campen einfach das Größte! Auch wenn er die Bilder vom Park, dem Swimming-pool und auch dem dortigen Meer sehr ansprechend findet. Genau das schreibt er Tom auch und schickt ihm auch einige Bilder vom Campingplatz genau so wie vom Meer. Allerdings nur von relativ weit weg, da er keine Lust hat unten am Meer seiner Familie zu begegnen. Er überfliegt auch die, wie er findet teilweise sehr sinnlosen Nachrichten, aus seiner Klassengruppe und denkt sich seinen Teil dazu.

Es ist halb eins und sein Akkustand ist bei 70%, als seine Familie vom Baden zurückkommt. Sie haben alle Hunger und beschließen etwas bei dem Platzimbiss zu essen. Das hält auch Lukas durchaus für eine gute Idee. Als die Anderen losgehen, steckt er schnell nochmals das Ladekabel in sein Handy ein, mit dem Hintergedanken, dass er ja nicht wissen kann, wann er das nächste Mal Gelegenheit dazu haben wird. Dann geht auch er zum Essen. Er bestellt sich einfach Pommes frites, ein paar Hähnchen-Nuggets und eine Cola, die sehr schön gekühlt ist. Sein Vater und seine Mutter nehmen fast das Gleiche, nur anstatt einer Cola, bestellen sie jeweils ein Bier. Seine Schwester nimmt nur Pommes frites, weil sie momentan auch noch etwas auf den „Vegetarier Trip" geraten ist. (Das vergisst sie ab und zu allerdings auch oder weiß nicht, dass in Wurst Fleisch ist und glaubt, es gäbe nur Tofuwürste). Und das aber nicht, weil sie Tiere mag. Oh nein! Ganz im Gegenteil: Schon seit sie sprechen kann, sagt sie wenn im Fernsehen oder wo auch immer Tiere zu sehen sind „böse" oder „ich mag das nicht". (Sie ist nach Lukas' Meinung so eloquent wie ein Teddybär, dem man auf den Bauch drückt und dieser dann immer den gleichen Spruch absondert.). Und auch wenn sie auf der Straße Tieren begegnet, schreckt sie schon zurück, wenn die süße Katze des Nachbarn hinter einem Busch hervorkommt, und behauptet dann, dass das Tier sie habe angreifen wollen. Daraufhin hat sich seine Mutter tatsächlich einmal bei einer Nachbarin mit einem niedlichen und gutmütigen Hund beschwert, dass sie den Hund doch bitte, wenn er schon unbedingt draußen sein müsse, an einer kürzeren Leine lassen solle, damit er nicht zu nahe an den Gartenzaun kommt. In Wirklichkeit hat der Hund nur gebellt, weil das liebe kleine Lucylein ihm die Zunge rausgestreckt hat. Lukas war nämlich dabei. Er stand direkt daneben. Er hat auch versucht, das seiner Mutter zu erklären, aber sie hat ihm nicht geglaubt und gesagt, Lukas solle nicht immer versuchen, das arme Lucylein schlecht zu machen. Dass Lucylein das umgekehrt auch tut und man ihr auch noch glaubt, will seine Mutter natürlich nicht wahr haben. Die Nachbarin hat sich allerdings nicht großartig von Lukas' Mutter belehren lassen und nur gesagt, sie glaube nicht, dass ihr Hund grundlos versucht jemanden anzugreifen und dass er im Übrigen nicht über den Zaun kommen könne und es schließlich nicht ihr Problem sei, wenn Leute sich direkt vor den Zaun stellen. Lukas hat sich bei Gelegenheit erlaubt einen Brief in den Briefkasten der Nachbarin zu werfen, indem er sich für seine Mutter aber vor allem auch für seine Schwester entschuldigt und auch schreibt, dass er es gesehen habe und versucht habe seiner Mutter die Wahrheit zu sagen, sie ihm aber nicht geglaubt hat. Seitdem grüßt diese Nachbarin Lukas immer besonders freundlich. Wenn seine Mutter das mitbekommt, guckt sie extra geradeaus und fragt ihn hinterher in höchst verärgerten Ton, warum ihn denn diese blöde

Kuh immer so übertrieben freundlich grüßen würde. Und seine Schwester sagt dann „Ja genau, die blöde Kuh". Lukas sagt nur: „Warum sollte sie denn nicht?! Ich habe ihr ja nichts getan!". Daraufhin erwidert seine Mutter höchstens sehr pikiert: „Tja, ich ihr auch nicht!" Lukas denkt sich seinen Teil dazu … Sein Vater hat davon nie etwas mitbekommen. Er hätte Lukas vielleicht sogar geglaubt, aber na ja, so ist es eben. Er wird vielleicht irgendwann noch fragen, warum seine Mutter die Nachbarin nicht mehr grüßt. Aber nun wieder dazu, dass seine Schwester kaum noch Fleisch isst. Sie sagt: „Fleisch ist ungesund und macht dick und man darf des gar nicht essen, das hab ich in der Schule gelernt".

Also, wer in der Schule so einen Müll verzapft weiß Lukas auch nicht. Aber er weiß, dass seine Schwester dazu neigt, alles, was Blödsinn ist sofort zu glauben, und Dinge wie, dass man „und" mit „d" und nicht mit „t" schreibt, wahrscheinlich in ihrem Leben nicht mehr lernen wird. Wie sie es überhaupt geschafft hat, in die zweite Klasse versetzt zu werden ist ihm ein Rätsel. Aber das sieht natürlich auch nur er so. Er fragt sich wirklich, warum seine Eltern an seiner Schwester nur Positives finden. Müssen sie sich das einreden?! Seiner Meinung nach ist es nicht gerade der Jackpot, sie als Kind zu haben. Aber das meint Lukas und außer ihm wohl sonst keiner.

Aber nun wieder zurück zum Campingplatz. Nachdem sie gegessen haben, beschließt Lukas einfach mal die Beine hochzulegen und sich auf einem Liegestuhl zu sonnen und dabei das Rauschen des Meeres im Ohr zu haben. Als er 5 Minuten gelegen hat, hört er, wie seine Schwester seine Eltern, die gerade Mittagsschlaf halten wollen, fragt, ob sie mit ihr spielen würden, da ihr langweilig sei. Daraufhin sagt seine Mutter doch tatsächlich anstatt, dass sie sich alleine beschäftigen soll: „Mein Schatzi, deine Eltern wollen sich mal ein bisschen ausruhen, aber Lukas spielt mit dir." Lukas glaubt und hofft, nicht richtig zu hören. Aber dann hört er seine Schwester auch noch sagen: „Nein, der ist dann immer böse zu mir." „Das ist ja wohl der Gipfel" denkt sich Lukas. Seine Schwester nervt ihn grundsätzlich. Und nur weil er nicht will, dass sie ihn beißt und kratzt und ihn so abscheulich wie ihre Puppe schminkt, ist er dann ganz böse zu ihr. Und wie zu erwarten war, sagt seine Mutter nicht, dass sie das nicht glaube und es vielleicht an ihr läge, sondern sie sagt: „Also wenn er wieder böse ist, dann kommst du gleich zu uns und wir sagen ihm dann, dass er wieder lieb sein soll". Sein Vater brummt nur halb eingeschlafen ein „mhmmm". Und seine Schwester sagt: „Okay, dann spiel ich mit ihm". Lukas wird von einer unheimlichen Wut gepackt! Er ist aber trotzdem noch so geistesgegenwärtig, dass er versucht, sich ins Meer zu schleichen, da seine Eltern ihn wohl noch nicht gesehen haben, obwohl er zwar ganz in der Nähe von ihnen aber hinter einer Klippenausbuchtung ist. Leider hat er wohl nicht genau genug gewusst, wohin man von welchem Platz des Strandes aus blicken kann. Denn kaum hat er sich ein paar Meter von seinem Liegestuhl entfernt, hört er seine Mutter sagen: „Guck mal, da ist er ja". Er weiß genau, dass es wohl wenig Sinn hat wegzurennen. Er versucht allerdings seinen Eltern zu sagen, dass er nun wirklich keine Lust habe mit seiner Schwester zu spielen und sich eigentlich gerade ein wenig ausruhen und den Nachmittag genießen wolle. Aber wie zu erwarten, bringt dieser Versuch genau das Gegenteil von dem, was er eigentlich hätte bewirken sollen. Seine Mutter sagt: „Du genießt jetzt den Nachmittag heute mit deiner Schwester und bist auch nett zu ihr, damit sie den Nachmittag auch genießen kann! Ist das klar?!" Lukas sagt, dass er den Nachmittag aber nicht genießen könne, wenn er ihn mit seiner Schwester verbringen müsse. Aber daraufhin bekommt er nur zu hören, dass er da wohl etwas an seiner Einstellung ändern müsse und seine Mutter nicht verstehe, warum er nicht mit seiner Schwester spielen möchte. Sie habe ihm ja schließlich nichts getan. Und andere Kinder würden auch gerne mit ihren kleinen Geschwistern spielen. Lukas denkt sich nur: „Die haben wahrscheinlich auch nettere Geschwister und vor allem Brüder, mit denen man überhaupt etwas Gutes machen kann." Das zu sagen lässt er aber tunlichst bleiben, da er genau weiß, dass es nur zu weiteren Diskussionen mit negativem Ausgang für ihn führen würde. Deshalb sagt er nur: „Na gut" und „komm, wir spielen jetzt was", zu seiner Schwester, die ihre Arme über der Brust übereinander geschlagen hat und ihr typisches beleidigtes Gesicht zieht. Wenigstens bekommt er nicht auch noch zu hören, dass sie dieses Gesicht zu recht macht und er daran schuld ist. Aber wahrscheinlich auch nur, weil seine Mutter schon wieder auf dem Weg zurück zu ihrem Liegestuhl ist. Lukas und seine Schwester gehen also in die Nähe des Meeres, um dort zu spielen. Seine Schwester sagt, sie wolle Federball spielen. Lukas ist sehr erleichtert, dass sie nicht gesagt hat, dass sie ins Wasser gehen will oder etwas in der Art. Federball kann er zwar nicht, aber es ist wenigstens nichts, was schmerzhaft für ihn oder seine Schwester enden könnte und was nicht zu seinen „Hassbeschäftigungen" gehört. Er sagt also, dass er die Schläger und Bälle holen würde und läuft zum Wohnwagen. Als er bepackt wiederkommt, ist seine Schwester nicht mehr da, wo sie vorher war und auch sonst nirgends zu sehen. Lukas denkt sich, dass sie wahrscheinlich mal wieder ganz besonders lustig sein will und sich vor ihm versteckt und hofft, dass er sie jetzt sehr lange suchen wird. Deshalb beschließt er, sich einfach auf den Sand zu setzten und zu warten, bis sie von alleine wiederkommt. Wenn dies nicht all zu bald passiert, ist ihm das gerade Recht. Dann muss er schon weniger mit ihr spielen. Nur leider hat er nicht bedacht, dass der Platz an dem er sich befindet, gut sichtbar für seine Eltern ist. So kommt es, dass er sich einmal kurz umdreht und dort seine Mutter sieht und neben ihr seine heulende Schwester. Seine Mutter bedeutet ihm, dass er sofort herkommen solle. Das tut er dann auch und will seiner Schwester gerade sagen, dass sie doch nicht einfach weggehen könne und er dann nicht wisse, wo sie sei. Aber bevor er auch nur Luft holen kann, wird er von seiner Mutter mal wieder angefahren und muss sich anhören, dass er sein armes Schwesterchen doch nicht einfach alleine lassen könne. Entrüstet erwidert Lukas, dass er Ball und Schläger geholt habe, und wirft diese als Beweis auf den Sand vor dem Campingstuhl. Seine Mutter meint, dass er das seiner Schwester wohl nicht gesagt habe und dies zwar noch Tollpatschigkeit sein könne, aber, dass er dann nicht einmal nach ihr suchen würde sei ja wohl das Gemeinste und Verantwortungsloseste, was sie seit langem erlebt hat. Lukas kann kaum atmen, so verdattert ist er. Dann antwortet er schließlich „Das habe ich dir doch gesagt! Wieso hörst du mir denn nicht zu?!" Seine Schwester sagt nur, dass er ihr das überhaupt nicht gesagt habe und sie nicht gewusste hätte wo er war und zu ihrer Mutter sagt sie noch, dass so etwas genau das ist, was sie meint. „Er ist schon wieder böse zu mir". Da wird Lukas erst klar, was sie mit dieser Aktion bezwecken wollte. Sie wollte miterleben, wie Lukas ausgeschimpft wird. Das muss ja unheimlich lustig sein. Auch wenn er findet, dass sie nicht sehr intelligent ist, traut Lukas seiner lieben Schwester Lucy im Punkt Gemeinheit und Hinterhältigkeit doch so Einiges zu. Und sie erreicht genau das, was sie erreichen wollte. Lukas' Mutter sagt mit erhobener Stimme: „Wenn sie es nicht wusste, wirst du es ja wohl nicht zu ihr gesagt haben. Gib es doch wenigstens zu anstatt wieder deiner armen Schwester die Schuld zu geben." Lukas ist mehr als empört und es macht sich bemerkbar, dass er ja noch eine Wut im Bauch hat, die jetzt Verstärkung bekommt: Er erwidert also schreiend: „SO, JETZT BIN ICH ES ALSO WIEDER! WARUM VERDAMMT NOCHMAL SOLL ICH ES DENN IMMER SEIN?! WARUM GLAUBT IHR IMMER NUR IHR? WARUM KANN ES NICHT SEIN, DASS SIE NICHT ZUGEHÖRT HAT ODER ES VIELLEICHT AUCH WIEDER VERGESSEN HAT?! SIE HAT SOGAR NOCH „JA" GESAGT, ALS ICH ES IHR GESAGT HABE." Als er sich wieder ein wenig beruhigt hat, fährt er fort: „Und das ist nicht das einzige Beispiel: Sie lügt, wie gedruckt und ich soll immer der sein, der lügt? Warum eigentlich?! Warum bin ich immer der, der lügen soll, der gemein sein soll und der immer nur zurückstecken muss und sich ständig verteidigen muss?" Jetzt muss er sich schon die Tränen verkneifen: „ Das war doch früher nie so, als meine Schwester noch nicht geboren war. Damals waren alle nett zu mir, sogar Sara. Ich war nie der, der etwas angestellt hat! Ich bin immer gelobt worden, wie brav ich bin und sogar meine Kindergärtnerin hat doch mal zu euch gesagt, dass ich immer nett zu den anderen bin und immer der bin, der bei Streits ehrlich sagen konnte, was passiert ist. Das habt ihr mir doch erzählt. Aber seit meine Schwester geboren ist, hat das von Jahr zu Jahr abgenommen. Und jetzt bin ich immer der Böse, der an allem Schuld haben soll und überhaupt nichts richtig macht, gemein zu den Anderen ist und seine Schuld nicht eingesteht?!?!" Seine Schwester ist inzwischen mit der Ausrede, sie müsse auf Klo weggegangen. Lukas kann sich genau denken, warum. So schlau ist sie wohl doch, dass sie weiß, wann es für sie unangenehm werden könnte. Lukas sieht, wie seine Eltern sich und ihn angucken und gerade zu reden anfangen wollen. Aber Lukas sieht ihnen an, dass das nichts Entschuldigendes oder Tröstendes sein würde, sondern wahrscheinlich weitere Vorwürfe an ihn. Darauf hat er nun überhaupt keine Lust mehr und spürt, wie sich eine weitere riesige Wut in ihm ausbreitet. Deshalb sagt er nur noch seufzend: „Ach! Es bringt ja doch nichts" und rennt so schnell er kann zum Strand und ab ins Meer. Lukas schwimmt und schwimmt von seiner Wut angetrieben so schnell er kann immer weiter hinaus. Ganz ohne daran zu denken, dass es eventuell schwierig werden könnte, wieder zurückzukommen. Er ist nur wütend und will nichts als weg. Es ist für ihn wirklich nicht zu verstehen, warum seine Eltern immer nur seiner Schwester glauben und nie auf seiner Seite sind. Also schwimmt er und schwimmt und schwimmt … und schwimmt, bis schließlich die ganze Wut „herausgeschwommen" ist und ihm die „Puste" ausgeht. Er bemerkt plötzlich, dass um ihn herum niemand mehr ist und sich das Wasser irgendwie auch wesentlich kälter anfühlt, als wenn er wie sonst in Strandnähe baden geht.

Lukas dreht sich um und kann den Strand nur noch relativ weit entfernt sehen. Er denkt sich, dass er jetzt aber schnell zurück schwimmen müsse. Aber eigentlich fehlt ihm dazu gerade völlig die Kraft, da er sich gerade schon beim Hinschwimmen so verausgabt hat, was man ja gerne tut, ohne wirklich dieses Ziel erreichen zu wollen, wenn man sich sehr über etwas aufregt und seine Wut irgendwie herauslassen will. Aber wenn die Wut dann draußen ist, fühlt man sich dafür umso schwächer. Und genau in diesem „umso-schwächer-fühlen" -Stadium befindet sich Lukas momentan. Normal ist das ja nicht so schlimm, da man sich einfach ein paar Minuten hinsetzten und sich ausruhen kann, aber wenn man gerade im Meer relativ weit vom Strand entfernt schwimmt, geht das natürlich nicht so gut und dieses Gefühl ist deshalb sehr unpraktisch. Lukas beschließt sich mit so wenig wie möglich Bewegungen über Wasser zu halten, um dabei vielleicht auch etwas verschnaufen zu können. Denn in seinem Momentanzustand kann er unmöglich die ganze Strecke zurück zum Strand schwimmen. Das mit den wenigen und vor allem ruhigen Bewegungen, funktioniert allerdings nur bedingt und er macht immer schnellere und immer unruhigere Bewegungen, da Lukas jetzt doch beginnt, etwas panisch zu werden. Das Problem ist, dass ihm gerade so und so viele Nachrichten und sonstige Vorfälle, von denen er bereits gehört hat, einfallen, in denen Menschen, die zu weit nach draußen geschwommen und dabei ertrunken sind, oder bewusstlos geborgen worden sind und noch lange in Lebensgefahr geschwebt haben. Dann überlegt er, wie das in seinem Fall sein könnte und kommt zu dem Schluss, dass er eigentlich nicht wirklich in Seenot ist und die Strecke zurück keine unüberwindbare Weite ist. Aber immer, wenn eine leichte Welle kommt und ihn ein wenig bewegt, bekommt er Angst, dass er weiter abgetrieben wird und die Strecke so noch länger wird. Außerdem weiß er nicht, ob für den Fall, dass er die Strecke nicht alleine schaffen würde, die Küstenwache auf ihn aufmerksam werden würde, da er so weit draußen schwimmt und nur mit den Armen winken könnte, die ja noch nicht so lang sind und außerdem noch die Wellen davor sind und, und und, und, und … Er malt sich teilweise die schlimmsten Sachen aus und muss sich immer wieder sagen, dass es eigentlich gar nicht so schlimm ist. Er will auch noch nicht versuchen, die Küstenwache auf sich aufmerksam zu machen, da die Strecke ja eigentlich wirklich zu schaffen ist und er, wenn er von der Küstenwache „gerettet" werden würde, dies wahrscheinlich das Aufsehen vieler Leute zur Folge hätte und er dann den ganzen restlichen Urlaub nicht mehr über den Platz laufen könnte, ohne, dass ihn einige Leute schräg angucken würden, weil sie denken er sei unvernünftig oder, dass er das nur gemacht hat, um Aufmerksamkeit zu erregen oder um ihn zu bedauern. Auf all das hat er keine Lust! Und außerdem würden dadurch natürlich zwangsläufig auch seine Eltern davon mitbekommen, was er auf jeden Fall vermeiden will! Wenn diese nämlich davon hören, halten sie ihm mit Sicherheit vor, wie unvernünftig das war und fragen ihn, was er sich dabei gedacht habe. Wenn er in diesem Fall seine Schwester wäre, würde es wahrscheinlich eher heißen „oh, mein armes Kind, wie konntest du nur in solche Gefahr geraten? Aber keine Angst jetzt wird alles wieder gut." Zumindest von seiner Mutter. Sein Vater wäre auch nicht böse, aber hätte wahrscheinlich das gleiche Problem wie Lukas: Alle Leute würden sie für den Rest des Urlaubs angucken. Lukas kann sich das zumindest nicht anders vorstellen. Dazu kennt er seine Eltern und die Unterschiede, die zwischen ihm und seiner Schwester gemacht werden genau genug.

Da er nicht will, dass dieser Fall eintritt und sich das Wasser außerdem inzwischen sehr kalt anfühlt und er stark zu frieren beginnt, beschließt

Lukas, jetzt den Rückweg anzutreten. Er hat sich ein Stück weit erholt und meint die Strecke jetzt schaffen zu können und dass es eine sehr schlechte Idee wäre, noch länger zu warten. Schon allein deswegen, weil Lukas dann ja erklären müsste, warum er so lang weg war und das mit Sicherheit unangenehm werden würde. Außerdem will er sich keine Erkältung oder gar Schlimmeres durch das kalte Wasser zuziehen und den Rest des Urlaubs nicht mehr schwimmen können oder gar Grund für die frühe Abreise sein. Lukas schwimmt also los. Er schwimmt und schwimmt und es geht eigentlich ganz gut. Doch plötzlich bemerkt er, dass es merklich dunkler wird. Er überlegt, ob es inzwischen schon Abend geworden sein könnte. Aber da es noch nicht einmal drei Uhr war, als er ins Wasser gegangen ist, um sich seine Wut abzuschwimmen, erscheint ihm das doch sehr unwahrscheinlich. Lukas stoppt für einen kurzen Moment und schaut nach oben an den Himmel. Er sieht, dass die Sonne komplett von dunklen Wolken bedeckt ist, die zu seiner Beunruhigung stark nach Gewitterwolken aussehen. Plötzlich hört er von sehr weit weg eine Stimme aus einem Lautsprecher. Zuerst ist Lukas hoch erfreut, dass er schon so viel geschafft hat, dass er schon wieder Durchsagen, die am Strand bzw. auf dem Campingplatz gemacht werden, relativ deutlich hören kann. Als er allerdings auf den Inhalt achtet, ist er nicht mehr so erfreut, sondern eher erschrocken. Und wie! Er muss sich ein wenig gedulden, bis alles auf Deutsch wiederholt wird. Die englische Form kann er aus dieser Entfernung doch noch nicht verstehen, da seine Entfernung zum Strand doch noch relativ groß zu sein scheint und man nicht jedes Wort genau versteht. Auch deshalb, weil um ihn herum auch noch das Meer rauscht. Es kommt also die Durchsage auf Deutsch: „Bitte verlassen Sie alle umgehend das Wasser, es droht ein Gewitter in den nächsten Minuten aus-zubrechen. Also verlassen Sie Bitte umgehend das Wasser!!" Lukas ist für einen Moment starr vor Schreck! Er denkt sich schlicht: „Ach du Scheiße!" Er will schneller schwimmen, um noch vor

Ausbruch des Gewitters anzukommen. Doch in diesem Moment hört er schon den ersten Donnerschlag und die ersten Tropfen beginnen zu fallen. Erst nur so, dass Lukas sie im Wasser kaum bemerkt, aber dann werden es schnell so viele und so stark, dass Lukas sie ziemlich laut und deutlich auf die Meeresoberfläche prasseln hört. Er bekommt mit einem Mal eine solche Angst, da nun auch die Wellen tatsächlich etwas stärker werden, wohl durch einen plötzlich aufgekommenen stärkeren Wind, der das Wasser bewegt. Lukas ist sich nun im Klaren, dass er unter diesen Bedingungen auf gar keinen Fall zurück ans Ufer schwimmen kann. Er beschließt also, jetzt doch zu versuchen, die Küstenwache zu alarmieren und winkt wie wild mit den Armen und versucht mit aller Kraft seinen Körper etwas aus dem Wasser herauszuheben, um besser gesehen werden zu können. Doch es sieht nicht so aus, als würde ihn jemand bemerken. Das komplette Meer ist wie ausgestorben (bis auf die Fische, aber die sind in diesem Fall keine große Hilfe). Er bekommt so eine ungeheure Angst, wie er sie in seinem ganzen Leben noch nicht hatte. Todesangst!! Auch wenn er schon immer gerne geschwommen ist und das Wasser liebt, ist zu ertrinken, oder im Wasser unterzugehen, keine Luft mehr zu haben und nicht mehr an die Oberfläche zu kommen, eine der Sachen, vor denen er immer am meisten Angst hat und es ihm beim bloßen Gedanken daran schüttelt und ihn eine massive Panik überkommt. Womit er sich allerdings immer getröstet hat, war, dass es bei ihm sehr unwahrscheinlich ist und ihm sicher nichts passieren wird, weil er mit Sicherheit nie in so eine Situation kommen würde. Doch in genau so einer Situation ist Lukas jetzt. Je länger er daran denkt, desto mehr Angst bekommt er, da er ja nun nicht mehr den Trost hat, dass dies nicht passieren wird. Dieser hat ja sowieso, wie es aussieht, nicht die Wahrheit beinhaltet. Er beschließt zu versuchen, nicht mehr daran zu denken, da er sonst wahrscheinlich durchdrehen würde und nicht mehr mit den Armen winken könnte. Er strampelt die ganze Zeit, vor lauter Panik wie wild mit den Beinen. Das kostet natürlich auch Einiges an Kraft und er spürt, wie er langsam immer schwächer wird, was wiederum dazu führt, dass er noch mehr Angst hat. Er fühlt sich einfach nur schrecklich und hilflos. Das Schlimmste ist die Angst. Er winkt weiter mit den Armen und beginnt jetzt auch aus voller Kehle um Hilfe zu rufen. Das einzig Gute an der Angst ist, dass sie ihm doch wieder Kraft zu geben scheint, auch wenn er nicht weiß, woher diese Energie noch kommt. Er schreit und schreit und winkt und winkt, aber er hat weiterhin nicht den Eindruck, dass ihn auch nur irgendjemand wahrnimmt. Inzwischen hat es stärker angefangen zu regnen und es beginnt immer wieder zu donnern. Erst noch recht leise, aber dann immer lauter … und lauter … und lauter. Mit einem Mal bekommt Lukas in seiner ohnehin schon sehr großen Angst einen weiteren Riesenschreck: Plötzlich fällt ihm auch noch ein, dass die Gefahr, sich vor Erschöpfung nicht mehr über Wasser halten zu können und zu ertrinken, nicht die einzige Gefahr ist, die ihm droht und tödlich enden könnte. Es hat ja schließlich seine Gründe, dass man bei Gewitter umgehend das Wasser verlassen soll. Egal, an welcher Stelle man sich gerade befindet. Und das nicht nur im Meer sondern auch im Freibad. Die Gefahr von einem Blitz getroffen zu werden ist im Wasser besonders hoch und er ist jetzt auch noch auf großer Fläche der Einzige bzw. das Einzige, was aus dem Wasser herausragt. Lukas hätte es nie für möglich gehalten, dass er jemals in seinem ganzen Leben (falls es noch eine Weile andauern sollte) noch mehr Angst bekommen könnte, als er momentan hat. Aber genau das passiert jetzt! Er bekommt mit einem Mal noch viel mehr Angst und er beginnt unheimlich zu zittern. Ob das nun von der Angst oder von der Kälte des Wassers kommt, ist schwer zu sagen. Er weiß nicht, was er jetzt tun soll. Soll er sich möglichst klein machen, um nicht vom Blitz getroffen zu werden, da das Gewitter der Lautstärke des Donners zufolge immer näher zu kommen scheint, oder soll er weiter mit den Armen winken und versuchen möglichst hochzukommen, um auf sich aufmerksam zu machen.

Er entscheidet sich für Möglichkeit 2, da er in diesem Moment so die größten Überlebenschancen sieht, da er sich wohl kaum über Wasser halten kann, bis das Gewitter zu Ende ist und dann auch noch an Land schwimmen kann. Er spürt seine Beine kaum noch und bemerkt auch generell seine Erschöpfung wieder stärker. Für einen kurzen Moment denkt er an den Muskelkater, den er wohl bekommen würde, wenn er das überlebt, da er sich lange nicht mehr so viel und so schnell bewegt hat, wie jetzt. Aber ihm fällt ganz schnell wieder ein, dass das momentan wohl eher ein zweirangiges Problem ist. An Muskelkater stirbt man ja in aller Regel nicht, auch wenn man das manchmal glatt meinen könnte. Er winkt und winkt, aber leider weiterhin vergebens.

An Land sind inzwischen fast alle in ihren Wohnwägen verschwunden oder haben sich unter einem Dach untergestellt. Eigentlich alle bis auf Lukas' Eltern und seine Schwester. Diese befinden sich bei einem der Strandwächter und berichten ihm, dass sie ihren Sohn vermissen und ihn nirgends entdecken können. Weder in ihrem Wohnwagen, noch sonst irgendwo. Der Wächter macht darauf zunächst im Zwei-Minuten-Takt Durchsagen, dass Lukas Müller bitte zum Büro des Strandwächters kommen solle, da seine Eltern sich Sorgen um ihn machen. Gott sei Dank ist es einer der Standwächter die ziemlich gut Deutsch und sehr gut Englisch sprechen. Doch es vergehen fünf Minuten und immer noch kein Lukas. Dieser kann die Durchsagen auch nicht hören, da die Geräusche des Regens immer lauter werden. Da meint der Strandwächter, dass es eventuell doch besser sei, die Küstenwache zu alarmieren, da Lukas' Eltern ihm erzählt haben, dass sie glauben, dass er schwimmen gegangen sei. Denn über die Gefahren eines zum Glück nur langsam aber doch eindeutig näher kommenden Gewitters im offenen Gewässer weiß er natürlich Bescheid. Er alarmiert also die Küstenwache per Funk. Währenddessen bricht Lukas' Mutter in Tränen aus und auch sein Vater sieht sehr besorgt aus. Ja sogar seine kleine Schwester fragt etwas ängstlich, ob Lukas denn jetzt stirbt. Da sieht es der Strandwächter, der offenbar wirklich gut Deutsch versteht, wohl als seine Aufgabe an, die Familie zu beruhigen und ihnen zu sagen, dass er, wenn er dort draußen wäre, mit Sicherheit von der Küstenwache gerettet werden könnte. Das beruhigt alle ein Stück weit, wenn auch kein sehr großes. Die Küstenwache ist mittlerweile mit extra für Gewitter ausgelegten Booten losgefahren und sucht nach Lukas. Dieser ist mittlerweile wirklich völlig entkräftet und kann sich kaum noch über Wasser halten und verschluckt durch die Wellen auch immer wieder etwas salziges Nass. Doch plötzlich meint er, das Geräusch eines Motorboots zu hören. Erst meint Lukas, es sei eine Fata Morgana in den Ohren, oder wie man das auch immer nennt, aber dann wird es immer deutlicher und deutlicher. Sofort beginnt er wieder mit den Armen zu winken und hoch aus dem Wasser zu kommen. Doch plötzlich wird ihm schwindlig, er sieht alles nur noch verschwommen und dann schwarz. All seine Kraft ist aufgebraucht und er wird bewusstlos. Das Letzte was er wahrnimmt, ist ein Blitz der am Himmel zuckt, doch den Donner hört er schon nicht mehr. Er beginnt langsam zu sinken.

Ist das wirklich schon das Ende des armen Lukas?

Nein! Die Küstenwache hat ihn längst gesehen und fährt zu der Stelle hin, an der sie ihn gesehen haben. Sofort springen 2 Taucher in voller Montur und mit Stirnlampen aus dem Boot und tauchen ab. Nach einer halben Minute kommen noch weitere Boote der Küstenwache. Das Boot, von dem die Taucher gesprungen sind, hat in bis zu 50 Meter Tiefe stabilen Funkkontakt zu den Tauchern. Doch plötzlich bricht dieser ab. Alle bangen und starren auf die Meeresoberfläche. Zu wie vielen werden sie wohl wieder kommen? Zu zweit? Nur einer, weil der Andere verunglückt ist? Oder vielleicht wirklich zu dritt? Und tatsächlich! Nach einer knappen Minute kommen beide Taucher mit Lukas an die Meeresoberfläche. Sofort wird dieser auf oder besser gesagt in ein Boot transportiert und dort untersucht, um zu prüfen, ob er noch am Leben ist.

Gott sei Dank! Derjenige, der ihn untersucht, verkündet: „Sein Herz schlägt noch und auch sein Puls scheint stabil. Er scheint nur bewusstlos zu sein." Alle sind erleichtert. Er fährt fort: „Aber er ist etwas unterkühlt, er muss dringend aufgewärmt werden." Also wird er in Decken eingewickelt und einige versuchen ihn aufzuwecken, was ihnen nach kurzer Zeit auch gelingt.

Lukas fragt verschlafen: „Was ist passiert?" Einer der Mitarbeiter der Küstenwache klärt ihn darüber auf, dass er bewusstlos war und fast ertrunken wäre, doch dass jetzt wieder alles gut sei und er nur zur Sicherheit in ein Krankenhaus gebracht würde. Da bedankt sich Lukas zunächst für die Rettung und sagt, dass er niemals hätte so weit raus schwimmen dürfen. Aber der Mitarbeiter sagt, wie es passiert sei, sei jetzt unwichtig. Wichtig sei, dass er noch am Leben ist und alles glimpflich abgegangen ist. Da lächelt Lukas. In diesem Moment kommen sie am Strand an und Lukas wird vom Boot in einen Krankenwagen gebracht, den die Küstenwache bereits geholt hatte. Da kommen seine Eltern und fragen die Mitarbeiter der Küsten-wache, ob Lukas denn in Lebensgefahr sei. Derselbe Mitarbeiter, der schon Lukas aufgeklärt hat (dieser scheint wohl am besten Deutsch zu sprechen), sagt ihnen, dass sie sich keine Sorgen machen müssen und dass er nur zur Sicherheit ins Krankenhaus gebracht würde, man ihn wieder aufwärmen wolle und zur Sicherheit auch geprüft werden solle, ob er sich durch die Kälte eine Lungenentzündung oder dergleichen zugezogen habe. Er sagt auch, dass sie gerne mit ins Krankenhaus kommen können. Sie könnten einfach hinten im Krankenwagen mitfahren. Da zögern sie natürlich nicht lange und gehen mit Lucy im Schlepptau Richtung Krankenwagen. Als Lukas seine Eltern erblickt, erfreut ihn das zunächst wenig, da es für ihn völlig klar scheint, dass er jetzt wohl eine Moralpredigt zu hören bekommt, aber da hat er sich in diesem Fall komplett getäuscht. Seine Mutter fängt an zu weinen und sagt zu ihm „Alles ist gut, alles ist gut." Und sein Vater sagt: „Wir sind so froh, dass du noch am Leben bist.

Lukas überlegt kurz und stellt dann fest, dass diese Worte mit Abstand die nettesten waren, die er von seinen Eltern seit langem gehört hat. Nach langer Zeit mal wieder Worte, die ihm zeigen, dass seine Eltern ihn immer noch sehr lieb haben. Er blickt auf seine Schwester, die dasteht und auf den Boden guckt, blickt auf seine Eltern und stellt fest, dass sie nur ihn angucken. Schließlich sagt er: „Ich bin auch froh, dass ich noch am Leben bin, denn mein Leben ist durchaus lebenswert." Darauf schauen sich seine Eltern längere Zeit an, bis sein Vater schließlich sagt: „Ja, so soll es auch sein." Und seine Mutter fügt hinzu: „Wenn das nicht so wäre, wäre unser Leben auch nicht lebenswert." Lukas ist zunächst erstaunt über diese Aussage, da er das nach der letzten Zeit gar nicht einmal mehr für sehr wahrscheinlich gehalten hätte. Kurz überlegt er, ob er sagen soll, dass sie durchaus etwas dazu beitragen könnten, damit das auch so bleibt. Aber das lässt er dann in diesem Moment doch lieber sein, da er sich immer noch ziemlich schwach fühlt und sich in diesem Zustand ganz sicher nicht auf keine Diskussion einlassen möchte. Außerdem sind seine Eltern gerade so nett zu ihm, wie schon lange nicht mehr. Und ihnen gerade, wenn es einmal so gut zwischen ihm und seinen Eltern läuft, wieder Vorwürfe zu machen und womöglich zu provozieren, dass diese Phase ganz schnell vorbei ist, wäre wohl nicht sehr sinnvoll. Er denkt sich aber auch, dass er das Thema vielleicht durch dieses Geschehen und dadurch, dass sie jetzt so nett zu ihm sind, seinen Eltern gegenüber besser ansprechen könnte und es diesmal vielleicht sogar etwas bewirken würde. Er sagt also nichts mehr und schaut erneut auf seine Schwester, die immer noch auf den Boden und ab und zu an die Wand des Krankenwagens schaut, es aber merklich vermeidet, Lukas anzublicken. Inzwischen ist der Krankenwagen am Krankenhaus angekommen und Lukas wird auf der Krankenliege ins Krankenhaus gebracht. Seine Eltern und seine Schwester folgen ihm bis in den Untersuchungsraum des Krankenhauses, in dem zunächst noch einmal genau überprüft werden soll, ob Lukas vielleicht doch stärker unterkühlt ist. Es dauert noch eine Weile bis schließlich ein Arzt herein kommt, der auch relativ gut Deutsch zu sprechen scheint. In dieser Gegend können das viele, da es eine Touristengegend ist, in die hauptsächlich deutsche Touristen kommen.

Der Arzt begrüßt also alle freundlich und beginnt Lukas zu untersuchen. Seine Mutter macht ein besorgtes Gesicht und er sieht seinen Vater zum Fenster laufen. Seine Schwester läuft sofort hinterher und Lukas hört sie seinen Vater fragen, ob er mit ihr spielen könne, da ihr so langweilig sei. Da sagt dieser mit sehr gereizter und strenger Stimme, dass sie sich doch vielleicht denken könne, dass er jetzt nicht mit ihr spielen würde und auch ihre Mutter nicht, da sie hier schließlich im Krankenhaus seien und es um ihren Bruder ginge. Und ihre Mutter fügt höchst erbost hinzu, dass es ja schließlich nicht immer nur um sie gehen könne. Da huscht Lukas ein Lächeln ins Gesicht. Und wenn er nicht den Mund aufmachen müsste, da ihm der Doktor in den Hals gucken will, wäre dieses Lächeln wohl auch so bald nicht wieder verschwunden. So etwas hat seine Schwester soweit er sich erinnern kann seit ihrer Geburt bis jetzt nicht ein einziges Mal zu hören bekommen. Das war immer der Spruch, den er sich anhören musste. Aber niemals umgekehrt. Ihn überkommt ein Gefühl von Freude. Noch glücklicher wird er, als der Arzt erklärt, dass er wohl nur leicht unterkühlt gewesen sei und jetzt schon wieder vollkommen normal temperiert. Deshalb sei es auch nicht sehr wahrscheinlich, dass er eine Lungenentzündung oder dergleichen bekommen würde. Zur Sicherheit verschreibt der Arzt aber die entsprechenden Medikamente, für den Fall, dass er doch etwas bekommen sollte. Er sagt auch, dass er zur Beobachtung noch diese Nacht im Krankenhaus verbringen müsse und sich gut erholen solle, da er doch sehr geschwächt sei. Zu seinen Eltern sagt er, dass sie sich absolut keine Sorgen zu machen brauchen, jedoch gerne diese Nacht ebenfalls im Krankenhaus schlafen könnten, da Lukas ein ganzes Zimmer für sich bekommen würde, weil momentan nicht viel los sei. Lukas' Eltern sind sehr erleichtert und beschließen, dass seine Mutter dableiben und sein Vater mit seiner Schwester zurück zum Campingplatz gehen würde. Damit ist Lukas sehr einverstanden. Er wird also in ein Zimmer gebracht. Seine Eltern und seine Schwester kommen zunächst mit. Aber im Zimmer verabschiedet sich sein Vater dann ziemlich bald von ihm und auch seine Schwester bringt immerhin noch ein raus gewürgtes „Tschüss" heraus. Danach hört Lukas noch, wie sie seinen Vater fragt, was sie denn heute Abend noch machen würden und dieser nur sagt: „Essen und schlafen", und sie dann hinter sich her zieht, da sie dazu neigt sehr langsam zu laufen, worauf bis jetzt allerdings immer Rücksicht genommen wurde. Mittlerweile ist es nach 7 Uhr und Lukas bekommt noch einen Trank, der ihm helfen soll wieder zu Kräften zu kommen und seine Mutter bekommt auch noch etwas zu essen, obwohl die Essenszeit ja eigentlich schon lange vorbei ist.

Als sie zu Ende gegessen hat, fragt sie Lukas, ob er schon sehr müde sei. Als dieser „Nein" antwortet, sagt sie zu ihm: „Hör mal zu: Dein Vater und ich haben dich sehr lieb, und zwar mindestens genauso lieb, wie deine beiden Schwestern, und das wird mit Sicherheit auch so bleiben. Und wenn du in letzter Zeit den Eindruck gehabt haben solltest, dass das nicht so ist, tut es uns beiden sehr leid." Lukas fragt, wie sie jetzt plötzlich darauf komme, dass er diesen Eindruck haben könnte, und gesteht offen, dass er diesen Eindruck tatsächlich hatte. Er merkt, wie sich seine Mutter das Weinen verkneifen muss und betroffen sagt, dass ihnen beiden das sehr leidtäte und schließlich auf seine Frage antwortet: „Ich komme darauf, weil dein Vater und ich uns heute Nachmittag, nachdem du voller Wut weggelaufen bist, darüber unterhalten haben und zu dem Schluss gekommen sind, dass wir dich wohl in einigen Situationen ungerecht behandelt haben und immer nur Lucy geglaubt haben, obwohl uns schon seit dem Kindergarten immer wieder mitgeteilt wurde, dass sie lügt wie gedruckt und oft versucht, damit andere schlecht zu machen. Wir waren wohl nur zu blind, um das zu glauben." Lukas sagt: „Sieht so aus, denn ich habe wirklich bis auf eine oder vielleicht insgesamt zwei Situationen immer die Wahrheit gesagt. Aber weißt du, was du mir gerade für eine Freude damit bereitest, indem du mir sagst, dass ihr euch gestern darüber unterhalten habt und zu diesem Entschluss gekommen seid. Ich hätte es nämlich nicht unbedingt für möglich gehalten, dass dies in meinem Leben jemals noch passieren wird." Seine Mutter erwidert, halb in Tränen ausbrechend: „Lukas, es tut mir so leid, das wollte ich nie und auch dein Vater nicht. Ich verspreche dir, dass das jetzt vorbei ist und auch nie wieder so kommen wird." Lukas sagt daraufhin mit einem Lächeln im Gesicht: „Und ich verspreche, dass ich das nicht ausnutzen werde und nicht versuchen werde, meine kleine Schwester immer schlecht aussehen zu lassen." Seine Mutter lächelt und meint: „Das ist sehr gut! Aber es ist ja nicht nur deine kleine Schwester, mit der du es wohl nicht so ganz leicht gehabt hast, sondern auch deine große Schwester Sara hat sich wohl teilweise ähnlich verhalten. Jetzt wird mir das alles klar." Lukas sagt: „Ja das stimmt, wobei ich unter Sara nur insofern zu leiden gehabt habe, dass sie grundsätzlich auf Lucys Seite war und sie immer verteidigt hat, auch wenn sie genau wusste oder zumindest hätte wissen müssen, dass ich nicht der Schuldige war und meine Schwester lügt. Eventuell war sie der Antrieb dafür, dass mir niemand mehr glaubt." Daraufhin sagt seine Mutter: „Das wäre schon möglich. Früher hat es sie immer gestört, dass wir dir alles geglaubt haben und ihr nicht. Aber sie hatte eben schon sehr oft gelogen und wir haben auch schon von vielen anderen gesagt bekommen, dass sie manchmal lügt, dass sich die Balken biegen. Vermutlich wollten wir das deshalb bei deiner kleinen Schwester nicht hören und nicht wahrhaben. Aber du hast wirklich so gut wie nie gelogen und das ist uns auch vom Kindergarten und sogar noch von der Grundschule mehrmals rückgemeldet worden. Aber Sara hat uns die paar Mal, bei denen wir ihr nicht geglaubt haben, obwohl sie in diesen Fällen tatsächlich Recht hatte, sehr übel genommen und fand das furchtbar ungerecht. Sie wollte nicht verstehen, dass sie ihre Glaubwürdigkeit verliert, wenn sie so oft lügt und es deshalb logisch sei, dass wir ihr nicht mehr alles glauben, auch wenn es vielleicht stimmen mag. Der Spruch „Wer einmal lügt, dem glaubt man nicht, und wenn er auch die Wahrheit spricht", war irgendwann ein Brechmittel für sie und sie hat angefangen zu toben, wenn dieser auch nur teilweise zitiert worden ist. Sie wollte einfach nicht einsehen, dass sie sich das durch ihre Lügen selbst zuzuschreiben hat. Wir wollten diesen Konfliktpunkt bei deiner kleinen Schwester vermeiden. Aber das sind wir wohl ganz falsch angegangen und haben dafür das Kind, das so gut wie immer ehrlich war und auch sonst immer wenig bzw. am wenigsten von allen Probleme und Ärger gemacht hat, ungerecht behandelt. Es tut mir wirklich sehr leid. Wir waren wohl so hypnotisiert und wollten immer, dass sich deine beiden Schwestern wohl fühlen und dass wir ein gutes Verhältnis zu ihnen haben, wodurch sich das Verhältnis zu dir allerdings durch unsere Schuld verschlechtert hat. Wir haben dich in diesem Punkt vernachlässigt." Lukas sagt zu Tränen gerührt: „Es braucht dir, es braucht euch nicht mehr leidzutun. Ich bin so froh, dass ihr es jetzt erkannt habt und sich das ändern wird. Du weißt ja, wer seine Fehler einsieht und sich dafür entschuldigt und auch eine Besserung verspricht, dem kann ich leicht verzeihen. Und noch etwas: Ihr habt mich in diesem Punkt vernachlässigt, aber was die Schule und meine Probleme angeht, wart ihr immer die besten Eltern, die man sich vorstellen kann. Ich konnte und wollte euch das nur nicht so zeigen, weil ich oft so wütend war." Seine Mutter antwortet: „Ich bin wirklich sehr froh, das zu hören. Dass wir wenigstens nicht alles falsch gemacht haben. Und ich verspreche dir, dass sich die Situation mit dir und deinen Schwestern jetzt ändern wird. Sara wird sowieso nicht mehr oft da sein, da sie zu ihrem Freund ziehen will. Nicht weil sie uns nicht mag, aber sie fühlt sich dort anscheinend besonders wohl. Außerdem hat sie es von dort aus nicht so weit zu ihrer Schule. Das wollte ich dir schon lange sagen, aber ich habe nie den richtigen Moment gefunden." Lukas strahlt und sagt: „Das hört sich gut an! Aber kann sie sich denn von Lucy trennen?" Seine Mutter sagt: „Nicht wirklich, aber ihr Freund und sie wollen für später schon mal üben auf ein Kind aufzupassen." Lukas muss lachen. „Und deshalb wird deine kleine Schwester wohl auch oft dort sein. Das heiß, wir haben, wenn du willst jetzt deutlich mehr Zeit zu dritt in der Familie."

Lukas sagt: „Das wird ja immer besser. Dann können wir ja so viel machen, was mit meinen Schwestern nicht geht. Vielleicht sogar mal zu so einem Oldtimer-Treffen, bei dem man mit einigen der Autos sogar fahren kann." Seine Mutter meint: „Klar, Papa hat daran ja auch seinen Spaß."

Lukas ist sehr glücklich, aber so langsam wird er auch sehr müde und meint, er wolle nun vielleicht versuchen einzuschlafen. Er fügt noch hinzu, dass er dies so glücklich, wie schon lange nicht mehr tun wird. Seine Mutter weint wieder fast und sagt, dass sie jetzt auch glücklich sei und dies ja auch kein Wunder sei, bei so einem tollen Sohn. Lukas lächelt.

Nachdem er die Nacht durchgeschlafen hat, fühlt sich Lukas schon wieder viel kräftiger und ihm fällt sofort wieder ein, wie er am Abend vorher mit seiner Mutter gesprochen hat, und ist darüber weiterhin sehr glücklich. Nachdem er gefrühstückt hat, wird er noch einmal vom Arzt untersucht. Dieser stellt fest, dass ihm nichts weiter fehlt und es auch immer noch unwahrscheinlich ist, dass er eine Lungenentzündung oder dergleichen bekommt. Lukas ist erleichtert und glaubt auch, dass ihm nichts fehlt, da er sich auch eigentlich nicht schlecht fühlt. Allerdings löst nahezu jede Bewegung, die er mit Armen, Beinen oder sonstigen Teilen des Körpers macht, höchst unangenehme Schmerzen aus. Er hat höllischen Muskelkater, den schlimmsten, den er je gehabt hat. Noch viel schlimmer als die

Muskelkater, die er gehabt hat, nachdem im Sportunterricht Geräte-turnen Thema war. Aber das ist ihm jetzt nicht so wichtig. Das Positive überwiegt für ihn ganz entschieden. Am späten Vormittag fährt er dann mit seiner Mutter in einem Taxi zurück zum Camping-platz. Vorher haben sie sich natürlich bei den Ärzten bedankt. Als sie am Campingplatz ankommen, spricht Lukas' Vater gerade mit dem Arzt der Küstenwache, der am Vortag als Erster mit Lukas gesprochen hat und einem weiteren Mitarbeiter. Sie sind wohl gerade dabei über den finanziellen Teil zu reden, da Lukas als Erstes das Wort Versicherung hört. Diese scheint wohl die Einsatzkosten der Küstenwache komplett zu übernehmen, da sein Vater höchst zufrieden aussieht. Aber noch glücklicher sieht er aus, als er Lukas kommen sieht. Er umarmt ihn und freut sich, dass es ihm offenbar gut zu gehen scheint. Lukas erzählt lachend von seinem Muskelkater und sorgt damit auch bei den Mitarbeitern, die wohl wirklich gut Deutsch verstehen für gute Stimmung. Er bedankt sich auch noch einmal persönlich bei ihnen und fragt schließlich auch den Mitarbeiter, woher er so gut Deutsch könne. Daraufhin antwortet dieser, dass er einen deutschen Vater habe und nur seine Mutter Italienerin ist. Da lächelt Lukas und sagt, dass er sich so etwas fast schon gedacht habe. Er verabschiedet sich und geht auf den Rat des Doktors hin mit seinen Eltern zum Wohnmobil um sich einen der Klappstühle zu holen, damit er sich noch ein wenig ausruhen kann. Schwimmen geht er frühestens in 2 Tagen wieder und er wird wohl auch erst einmal sehr nah am Strand bleiben. Aber wenigstens hat er dadurch jetzt keine Angst vor Wasser oder dem Meer entwickelt. Als sie am Wohnmobil ankommen, sieht er seine Schwester, wie sie mit verschränkten Armen und ihrem Schmoll-Gesicht daliegt, und zwar auf dem Platz neben der Tür, auf dem Lukas die letzte Nacht auf dem Campingplatz verbracht hat. Er hört seinen Vater zu seiner Mutter sagen, dass seine Schwester sich unmöglich benommen hat und nicht einsehen will, dass Lukas seinen alten Platz wiederbekommt.

Seine Mutter sagt: „Ja, wir müssen sie wohl mal etwas entwöhnen." Lukas' Vater meint lächelnd: „Ja, aber dazu werden wir nicht so viel Gelegenheit haben, da sie schon angekündigt hat, dass sie jetzt erstmal nur bei Sara und ihrem Freund wohnen will." „Die werden ihren Spaß haben", lacht seine Mutter „Das wird schon alles werden", sagt sein Vater. Lukas lacht auch, cremt sich mit Sonnenmilch ein und legt sich danach in den Halbschatten.

Der restliche Urlaub verläuft wunderbar für Lukas: Er wird nicht krank, hat ein gutes Verhältnis zu seinen Eltern und wird von ihnen vor allem in den ersten Tagen sogar fast ein bisschen verwöhnt. Und er sieht, wie seine Schwester mehr und mehr schmollt und demonstrativ die Arme verschränkt und wie sie damit aber überhaupt nichts erreicht. Das ist wirklich eine Genugtuung für ihn. Er schläft wieder an seinem geliebten alten Platz und geht nach 3 Tagen auch wieder schwimmen, wie früher.

Als der Urlaub zu Ende ist, fahren sie zurück und machen sogar eine Zeit lang das große Schiebedach und die Fenster des Wohnmobils auf und sein Vater fährt fast mit Vollgas. Was seine Schwester davon hält, ist natürlich nicht egal, aber eine Zeit lang muss sie es eben aushalten. Das ist ja ein guter Kompromiss, der jetzt wohl immer gemacht wird. Und noch mehr von dieser Sorte. Lukas hätte nicht gedacht, dass er das noch erleben würde, und ist überglücklich, dass jetzt alles so gerecht zugeht. Seine Schwester muss sich noch etwas daran gewöhnen, aber das ist ihm ziemlich egal. Er ist glücklich! Auch, als sie zuhause angekommen sind, ist er immer noch glücklich und es bleibt alles so gut, wie es im Urlaub geworden ist. Er trifft sich in den letzten Wochen noch oft mit Tom und freut sich seines Lebens. In der letzten Woche hilft er beim "Umzug" seiner großen Schwester und ist danach fast noch glücklicher. Am letzten Wochen-ende der Ferien lässt dieses Glücksgefühl dann doch etwas nach, da ja in der darauf folgenden Woche die Schule wieder los geht, was Lukas' Laune, wie das so üblich ist, nicht besonders hebt. Aber selbst das findet er diesmal nicht so schlimm. Er fühlt sich momentan einfach sehr wohl in seiner Familie und in seinem Leben. Er hätte nie gedacht, dass sich in diesen Sommerferien etwas in dieser Art ereignen würde und das so positiv enden würde.

Allerdings weiß man ja nie, was als Nächstes passieren wird …

Ralf Neubohn

Berta, Ludwig & Co

Für Leser die wissen wollen, was Berta und Ludwig sonst so alles erlebt und erlitten haben, sei auf „Weihnachten mit dem literarischen Kleeblatt", „Auf der Suche nach dem verlorenen Osterei", „Weihnachten und Silvester mit Flammenfeder", „Vorhang auf für Nikolaus, Weihnachten und Ferien", „Bühne frei für Fasching und Halloween" und „Gartenschau Magie" hingewiesen.

Ihr 1. Abenteuer erschien in: „Die Gartenschau Im Rampenlicht." Es war sehr aufregend!

Ralf Neubohns Abenteuer als Autor sind u.a. in: „Im Tal der Autoren", „Alle Autoren an Bord", „Die zauberhaften Altbohns", „Erinnerungen eines vergesslichen" usw.

Da viele Leser immer wieder nach einer Übersicht meiner lieferbaren Werke fragen, hier nun ein Teil der über den Buchhandel erhältlichen Titel. Alle kann ich hier nicht auflisten, weil es einfach zuviel ist, was es an Büchern von mir als Autor und Herausgeber gibt.

Gedichte

„Hier und Jetzt"

„Lyrik – muß das sein?"

„Frisch gewagt"

Gedichte und Kurzgeschichten

„Die zauberhaften Altbohns"

Bücher mit schwarzen Humor Gedichten

„Abra Makabra Schlimmsalabim"

„Die Gartenschau-Morde"

„Tod auf dem Kaktus"

„Neues vom 1. April"

Kurzkrimis

„Abschied ist nicht nur ein bisschen wie Sterben"

„Mörderisch gut"

„Kriminelle Energie"

„Neubohns Krimihäppchen"

Gartenschau Trilogie

„Flammenfeder live von der Gartenschau"

„Gartenschau Phantasie"

„Herzlich willkommen Gartenschau"

„Galaabend für die Gartenschau"

„Abschiedsvorstellung für die Gartenschau"

„Die Gartenschau-Morde"

„Tod auf dem Kaktus"

„Neues vom 1. April"

„Gartenschau Magie"

„Die Gartenschau im Rampenlicht"

Heiteres aus dem Autorenleben

„Im Tal der Autoren"

„Alle Autoren an Bord"

„Terry ein Schotte in Schwaben"

„Erinnerungen eines vergesslichen"

„Die zauberhaften Altbohns"

Sciende Fiction/ Fantasy

„Sam Space"

Jahresfeste

„Weihnachten mit dem literarischen Kleeblatt"

„Auf der Suche nach dem verlorenen Osterei"

„Weihnachten und Silvester mit Flammenfeder"

„Vorhang auf für Nikolaus, Weihnachten und Ferien"

„Bühne frei für Fasching und Halloween"

Weitere Bücher von mir liste ich einem der nächsten Bücher von mir auf, sonst wird es heute ein bisschen zu viel.

Ich möchte noch darauf hinweisen, dass Bücher bei einigen Verlagen nicht unbegrenzte Zeit lieferbar sind. Wenn Bücher bereits lange auf dem Markt sind bzw. wenn es von diesen schon mehrere Auflagen gab, werden dann oft keine Auflagen davon mehr gedruckt.

Diese Bücher sind dann also irgendwann nicht mehr lieferbar. Daher kann ich nur dringend empfehlen, Bücher die Sie interessieren, rechtzeitig über Ihre Buchhandlung zu bestellen.

Bereits schon jetzt gibt es sehr viele Bücher von mir nicht mehr, die ich deshalb hier erst gar nicht aufgelistet habe.

Auch viele Bücher in denen wunderbare Texte von Carmen Neubohn sind, gibt es nicht mehr. Derzeit noch lieferbar:

„Die zauberhaften Altbohns"

„Frisch gewagt"

„Gartenschau Magie"

„Weihnachten mit dem literarischen Kleeblatt"

„Herzlich Willkommen Gartenschau"

„Weihnachten und Silvester mit Flammenfeder"

Über den Autor Nicolas Lange:

Nicolas kenne ich schon sehr lange und schätze seine anspruchs-vollen Texte sehr. Bereits seine erste Geschichte sprach seinerzeit die Leser sehr an. Sie ist in „Vorhang auf für Nikolaus, Weihnachten und Ferien" veröffentlicht.

Auch seine neuen Geschichten, die nach und nach erscheinen werden, sind äußerst vielversprechend. Sie haben stets sowas ganz Besonderes, Einzigartiges an sich.

Derzeit lieferbare Bücher mit Texten von Nicolas Lange:

„Vorhang auf für Nikolaus, Weihnachten und Ferien"

„Bühne frei für Fasching und Halloween"

Weitere Bücher sollen folgen!

Nachwort

Liebe Leser,

Sie sind nun an das Ende unseres kleinen Büchleins gekommen. Wir hoffen, Sie gut und abwechslungsreich unterhalten zu haben.

Falls Sie beim Lesen auf den Geschmack gekommen sind, so gibt es von uns viele weitere schöne Bücher zum selber Genießen oder als originelles Geschenk für andere. Etwa zu Ostern, Weihnachten und Geburtstagen.

Mit freundlichen Grüßen und hoffentlich bis bald!

Ihr Ralf Neubohn